Et si papa se perd au zoo?

Ginette Lamont Clarke
et Florence Stevens

Illustrations:
Isabelle Langevin

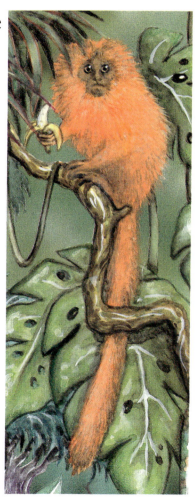

Livres Toundra

Paul et Carole jouent avec leurs petits animaux. Ils écoutent papa qui lit une histoire: «Les zèbres courent dans la savane africaine et les lions regardent du haut d'un rocher. . .

– Est-ce que les zèbres courent plus vite que les kangourous? demande Carole.

– Les kangourous ne courent pas. Ils sautent, répond Paul. Et ils n'habitent pas au même endroit que les lions et les zèbres.

– Est-ce que les animaux habitent ensemble quelquefois? demande Carole tout étonnée.

– Seulement quand ils sont dans un zoo, répond papa. Alors, les enfants, vous n'êtes jamais allés au zoo?»

Paul et Carole sont très excités. «Est-ce qu'on peut y aller tout de suite? demandent-ils.

– Je vais d'abord téléphoner et vérifier si le zoo est ouvert tard aujourd'hui, répond leur père. Allez jouer dehors quelques minutes.»

«Un zoo, ça doit être très grand! dit Carole.

– Qu'est-ce qu'on va faire si papa se perd au zoo? demande Paul.

– Si papa se perd au zoo, je sais ce qu'on peut faire, dit Carole. On peut demander au perroquet de nous aider. Les perroquets savent parler.

– Mais non! Les perroquets ne parlent pas comme nous, dit Paul. Ils répètent ce qu'ils entendent.

– Alors, on peut montrer au perroquet comment dire: PAPA, PAPA, OÙ ES-TU? suggère Carole.

– Tu sais, dit Paul. Papa ne va pas se perdre au zoo. Il faut trouver un banc. Papa sera assis en train de lire son journal. Mais moi, ajoute Paul, je connais un endroit où il peut vraiment se perdre.

– Où ça? demande Carole.
– DANS LA JUNGLE!

– Comment est-ce que papa peut se perdre dans la jungle? demande Carole.

– Tout le monde peut se perdre dans la jungle, répond Paul. Les arbres sont énormes et les feuilles sont aussi larges que des parapluies! C'est tellement sombre qu'on ne peut pas voir le ciel. Les serpents se promènent partout et les singes crient très fort. Il y a des gouttes d'eau qui tombent.

– Assez! crie Carole. Papa ne sera pas perdu. Pourquoi est-ce qu'il sera allé dans la jungle?

– Pour attraper les papillons, répond Paul, d'un ton moqueur.

– Alors il faut retrouver son filet à papillons et papa sera là, répond Carole. Mais moi, je connais un endroit terrible où il peut se perdre.

– Où ça? demande Paul.

– PARMI LES ÉLÉPHANTS!

– Quelle sorte d'éléphants? demande Paul. Les éléphants à grandes oreilles ou à petites oreilles?

– Les éléphants à petites oreilles, répond Carole. Ils travaillent dans les forêts de l'Inde. Ils sont très forts. Ils arrachent les arbres en tirant très fort. Et si papa se perd là, les éléphants font tellement de bruit qu'on n'entendra pas un mot de ce qu'il dit.

– Mais pourquoi est-ce que papa sera allé parmi les éléphants? demande Paul.

– Pour faire une promenade à dos d'éléphant, répond Carole, en souriant.

– Alors il faut trouver un éléphant avec un petit parasol, et papa sera assis sur le siège, dit Paul. Mais moi, je connais un endroit où papa peut se perdre.

– Où ça?

– DANS LE DÉSERT!

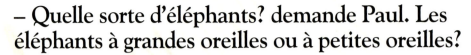

– Quelle sorte de désert? demande Carole.

– Un grand désert avec du sable partout. Il fait si chaud qu'on croit voir des arbres. Mais quand on s'approche, les arbres disparaissent. On part à la recherche des pyramides avec des chameaux et des kangourous... explique Paul.

– Les kangourous n'habitent pas près des pyramides, dit Carole. Et pourquoi est-ce que papa sera là?

– Pour faire une peinture du désert, répond Paul.

– Alors, il faut retrouver son chevalet et il sera là, dit Carole. Mais moi, je connais un endroit horrible où papa peut se perdre.

– Où ça? demande Paul.

– DANS UN MARÉCAGE!

– Quelle sorte de marécage? demande Paul, un peu hésitant.

– Un marécage plein d'alligators et de crocodiles, qui nagent très vite, répond Carole. Ils ont de grandes gueules qui s'ouvrent pour avaler. Et dans l'eau, il y a des arbres avec des grosses branches où tu peux rester accroché jusqu'à ce que les alligators et les crocodiles viennent et...

– Les alligators et les crocodiles n'habitent pas dans le même marécage, crie Paul. Et pourquoi est-ce que papa sera dans un marécage?

– Il sera à la pêche, répond Carole en riant.

– Ah! Alors il faut retrouver son bateau et il sera là, dit Paul, un peu soulagé. Mais moi, je connais un endroit encore plus épeurant où papa peut vraiment se perdre.

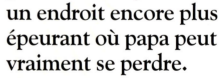

– Où ça? demande Carole.

– DANS UNE SAVANE!

– Une savane? demande Carole.

– Une savane africaine, dit Paul. Où le lion est le roi des animaux. Quand il rugit, tout le monde a peur. Il se cache dans la montagne et il attend les zèbres pour les attraper et les manger...

– Ce n'est pas le lion qui chasse, dit Carole. Il est beaucoup trop paresseux. Il aime dormir et se faire voir. C'est la lionne qui chasse pour la famille. Et pourquoi est-ce que papa sera dans une savane?

– Pour prendre des photos, dit Paul.

– Alors, il faut retrouver son appareil-photo, répond Paul, et il sera là. Mais moi, je connais un endroit encore pire où papa peut vraiment se perdre.

– Où ça? demande Carole.

– AU PÔLE NORD!

— Au Pôle Nord? demande Paul. Comment est-ce que papa peut se perdre là?

— Quand il y a de grosses tempêtes de neige, on ne voit rien, dit Carole. Il fait très froid et il faut faire attention aux gros ours polaires, parce qu'ils ont faim et ils mangent les pingouins...

— Les pingouins n'habitent pas au Pôle Nord, répond Paul. Ils habitent au Pôle Sud où il n'y a pas d'ours. Si papa se perd dans une tempête de neige, il construira un igloo et il restera là. Il ne sera pas vraiment perdu.

— Tu as raison, tu sais. Papa ne sera jamais perdu, répond Carole. C'est nous qui serons perdus. Je connais un endroit terrible où on peut se perdre.

— Où ça? demande Paul.

— PARMI LES TIGRES!

– Des tigres? demande Paul, d'une voix tremblante.

– Oui, dit Carole. Le soir, ils se cachent dans l'herbe. Tout ce qu'on voit c'est leurs yeux qui brillent et qui nous regardent.

– Il y a seulement un tigre, dit Paul. Les tigres ne chassent pas en groupe.

– Un tigre, c'est assez terrifiant, dit Carole.

– On peut faire un feu de camp, dit Paul. Les animaux ont peur du feu.

– On peut aussi crier : PAPA, PAPA, OÙ ES-TU?»

Paul et Carole commencent à crier, «PAPA, PAPA, OÙ ES-TU?

– Me voilà, les enfants!» dit papa en sortant de la maison. «Qu'est-ce qui se passe?

– Regarde papa. On a fait un zoo dans notre carré de sable, dit Carole.

– Ce n'est pas un zoo, c'est une jungle, dit Paul.

– Il y a un désert, dit Carole.

– Il y a aussi le Pôle Nord...continue Paul.

– Et on s'est perdu», disent les enfants en riant.

Papa les regarde et il rit aussi. «Venez les enfants! dit-il. Allons visiter le vrai zoo.»

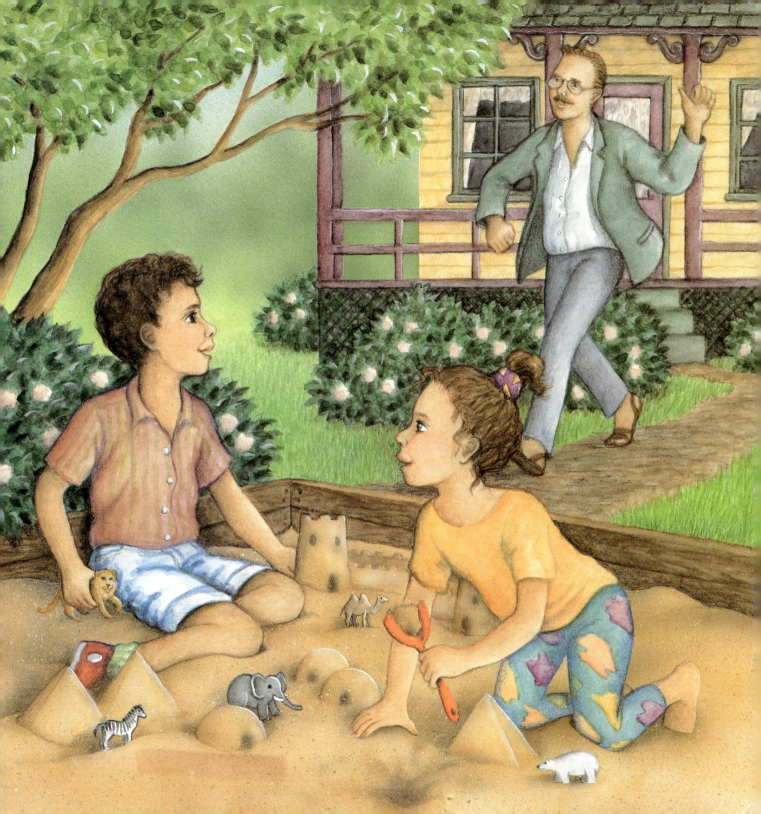

Paul et Carole arrivent au zoo avec leur papa. Il achète les billets. La petite famille traverse la barrière ensemble et s'arrête devant la carte du zoo.

« Qu'est-ce qu'on voit en premier? demande papa. Il y a des singes, des crocodiles, des chameaux, des zèbres, des éléphants, des ours polaires, des lions et même des tigres.

– Est-ce qu'il y a un perroquet dans ce zoo? demande Carole.

– On veut le voir en premier, dit Paul.

– D'accord, répond leur père. Mais, allons acheter de la barbe à papa. Ensuite, on peut aller voir le perroquet. »

©1991, Isabelle Langevin, illustrations
©1991, Ginette Clarke et Florence Stevens, texte

Publié au Canada par Livres Toundra, Montréal, Québec H3G 1R4, et aux États-Unis par Tundra Books of Northern New York, Plattsburgh, N.Y. 12901

Distribué en France par Le Colporteur Diffusion, 63110 Beaumont

Library of Congress Catalog Number: 91-65364

Tous droits réservés. On ne peut reproduire, enregistrer ou diffuser le présent ouvrage, en tout ou en partie, sous quelque forme ou par quelque procédé que ce soit, électronique, mécanique, photographique, sonore, magnétique ou autre, sans avoir obtenu au préalable l'autorisation écrite de l'éditeur.

Conception graphique : Michael Dias

Imprimé à Hong Kong par South China Printing Co. Ltd.

Données de catalogage avant publication (Canada):

Stevens, Florence, 1928-
    Et si papa se perd au zoo?

ISBN 0-88776-266-2 relié
ISBN 0-88776-273-5 broché

(Publié aussi en anglais sous le titre: What if Dad gets lost at the zoo? ISBN 0-88776-265-4 (rel.) — ISBN 088776-272-7 (br.))

    1. Lectures et morceaux choisis (Enseignement primaire). 2. Lectures et morceaux choisis — 1950- I. Stevens, Florence, 1928- II. Langevin, Isabelle   III. Titre.

PC2115.C564 1991 448.6 C91-090243-7

Pour la compilation et l'édition du présent volume, Livres Toundra a puisé des fonds dans la subvention globale que le Gouvernement du Québec lui a accordée pour l'année 1991.

Date Due

D.V. GOUGH	DEC 04 '98 DEC 04 '01	OCT 30 '02 NOV 19 '02	NOV 06		
SEP 21 1998	DEC 3 '02				
'99	OCT 24			JAN 29	
DEC 2 '99 SEP 27 '01					

```
E            CLARKE              93-603
Cla

             ET SI PAPA SE PERD
             AU ZOO?
```